AF465605

UNE LEÇON

AU

COLLÉGE DE FRANCE

DISCOURS

SUR L'HISTOIRE ET L'ESPRIT DU THÉATRE ESPAGNOL

AVEC UN AVANT-PROPOS

PAR

M. DAMAS HINARD.

PARIS
CHEZ BENJAMIN DUPRAT
LIBRAIRE DE L'INSTITUT ET DE LA BIBLIOTHÈQUE ROYALE
Rue du Cloître-Saint-Benoît, 7.
1847.

D'après le conseil de mes amis, je publie le discours que j'eus l'honneur de prononcer le 26 avril au Collége de France, en ouvrant le cours des *Langues et Littératures du Midi de l'Europe*. Je n'ai rien changé à ce discours. Aujourd'hui plus que jamais je tiens à ce que tout le monde connaisse les sentiments avec lesquels j'entrais dans la chaire de M. Quinet.

En même temps que cette leçon, il m'a paru qu'il n'était pas inutile, pour éclairer l'opinion, de mettre de nouveau sous les yeux du public quelques lettres émanées soit de M. Quinet, soit de moi, relativement à cette affaire de la suppléance. Je me contenterai d'y joindre quelques mots d'explications, là où je le croirai nécessaire. Cela suffira pour faire apprécier les motifs qui m'ont déterminé à résigner si promptement entre les mains de M. Quinet les fonctions que M. Quinet m'avait confiées.

Un mot seulement d'introduction.

Je suis monté trois fois dans la chaire de M. Quinet.

La première fois, messieurs les opposants réussirent à m'ôter la parole en proclamant sans cesse le nom de M. Quinet, etc., etc.

La seconde et la troisième fois, bien que j'eusse dans la salle de nombreux amis et bien dévoués, mais dont je m'étais efforcé de modérer les dispositions, je ne parvins à parler qu'avec l'appui toujours regrettable de la force armée. Du reste, on a généralement reconnu la modération avec laquelle elle a rempli son devoir en cette circonstance. Je lui en sais, pour ma part, le meilleur gré.

Pendant les jours qui suivirent ma troisième apparition dans la chaire de M. Quinet, je fus averti de tous côtés, soit de vive voix soit par écrit (comme je l'avais été déjà précédemment), de ce qui devait se passer à ma prochaine leçon : une collision qui pouvait avoir des conséquences funestes était devenue inévitable et imminente.

Dans une semblable situation, qu'avais-je à faire? J'avais assez montré, ce me semble, que, en ce qui me regarde personnellement, des menaces d'émeute ne m'effrayaient pas. J'avais maintenant à prouver que je savais au besoin sacrifier les droits même les plus légitimes aux intérêts, à la sécurité, à la bonne réputation de la jeunesse des écoles.

Décidé au sacrifice, j'adressai le 6 mai la lettre suivante à M. le rédacteur en chef du *National:*

« Monsieur,

« Dans l'affaire de la suppléance de M. Quinet au Collége de France, vous avez bien voulu prêter l'appui de votre journal à une cause qui ne pouvait avoir d'autre mérite à vos yeux que la justice. Aujourd'hui, monsieur, je vous demande avec confiance un nouveau témoignage de l'esprit d'équité qui vous anime; c'est l'insertion de cette lettre que j'ai l'honneur de vous adresser.

« Je ne reviendrai pas sur ce qui s'est passé, au mois de novembre dernier, entre M. Quinet et moi, relativement à sa suppléance. Ainsi qu'il l'a déclaré alors lui-même, il m'avait donné son assentiment *particulier*. Je vis qu'il répugnait à me donner cet assentiment *devant le public*, et je me retirai.

« Depuis cette époque je n'avais plus entendu parler de M. Quinet, lorsque, le lundi 29 mars, il me fit l'honneur de venir chez moi, m'annoncer que la veille, dans la réunion de famille du Collége de France, il avait renouvelé sa protestation par rapport au principe, mais qu'ensuite, à la prière de messieurs ses collègues qui voyaient avec regret se prolonger la vacance d'une chaire du haut enseignement, il m'avait désigné pour le suppléer.

« Tout cela, remarquez-le bien, monsieur, à mon insu; à l'insu des amis les plus graves et les plus illustres de M. Quinet, qui m'honorent de leur bienveillance.

« M. Quinet me demanda s'il pouvait compter sur moi. Je compris que cette démarche était une réparation; j'en fus reconnaissant et je tendis la main à M. Quinet.

« Le lundi 19 avril, je montai pour la première fois dans la chaire de M. Quinet. Il serait superflu de rappeler comment une minorité manifeste fit violence à la majorité de l'auditoire et quels indignes outrages j'eus à subir. Tout le monde attendait avec impatience une parole de M. Quinet; quelques-uns des principaux organes de l'opinion publique le pressèrent de se prononcer. Après soixante-douze heures de réflexion, M. Quinet se décide à rompre le silence pour protester.... *contre la mesure ministérielle qui l'a frappé!!!* ajoutant, par forme d'accessoire, qu'il n'a pas besoin de protester contre les violences, etc., etc. — Dès lors à quoi bon écrire?

« Le lundi 26 avril, les mêmes scènes de désordre se sont reproduites au Collége de France. J'espérais que M. Quinet protesterait. M. Quinet a gardé le silence!

« Le lundi 3 mai, même opposition à mon cours, et

plus violente encore qu'aux deux séances précédentes. Pour cette fois je m'estimais sûr que M. Quinet allait protester, et d'autant plus énergiquement qu'il avait attendu davantage. M. Quinet garde le silence !

« C'en est assez : je suis éclairé.

« Je tenais ma mission du libre choix de M. Quinet. Je comptais m'appuyer surtout du concours de M. Quinet. — Aujourd'hui il est clair que M. Quinet ne m'a point suffisamment recommandé à la confiance de cette partie de son ancien auditoire sur laquelle il a conservé le plus d'influence. Puisque M. Quinet tolère qu'on m'empêche de faire entendre ma voix en invoquant son nom, je ne peux pas honorablement représenter M. Quinet. Je remets donc entre ses mains les pouvoirs équivoques qu'il m'avait délégués, et cette fois, en m'éloignant, je me sépare pour jamais de M. Quinet.

« Au moment de rentrer dans la vie obscure et la retraite modeste où M. Quinet m'était venu chercher, permettez-moi, monsieur, de vous exprimer ma reconnaissance pour le bienveillant appui que votre journal m'a accordé dans cette pénible lutte. Permettez aussi que je remercie de cœur et d'âme cette partie de la jeunesse des écoles, qui, exclusivement préoccupée d'un intérêt d'études, est venue par trois fois dans la salle de mon cours, soutenir la cause de la liberté de l'enseignement. Je désire qu'elle le sache bien : quand je renonce à reparaître dans la chaire de M. Quinet, ce n'est point, je l'ai prouvé, par une lâche complaisance pour mon repos personnel; c'est afin d'éviter une collision déplorable (1). »

Sur cette démission, M. Quinet, selon son habitude, garda d'abord le silence. Enfin, le 10 mai (cette fois, après quarante-huit heures de réflexion), il publia dans le *National* la lettre suivante que je reproduis textuellement :

« Monsieur le rédacteur,

« Hier soir, j'ai lu dans le *National* la lettre de M. Damas Hinard, et c'est ainsi seulement que j'ai été prévenu de la détermination prise par lui de renoncer à la suppléance de mon cours. Je répondrai avec calme à des plaintes qui pourraient au moins me surprendre.

« Tout ce que j'ai pu pour M. Damas Hinard, je l'ai fait, quoique je le connaisse seulement depuis cet hiver. Sur la recommandation de personnes graves, j'aurais désiré pouvoir lui ouvrir immédiatement ma chaire; du moins, je publiai dans le premier semestre une lettre dont le seul but était de louer son mérite et ses titres.

« Au semestre d'été, je présentai officiellement

(1) Cette lettre, insérée au *National* du 7 mai, fut reproduite le lendemain par la *Gazette des Tribunaux*, avec une phrase par moi oubliée dans la copie que j'avais remise au *National*. C'est la phrase commençant par ces mots : *Puisque M. Quinet tolère*, et finissant par ceux-ci : *Représenter M. Quinet.*

M. Damas Hinard à l'assemblée du Collége de France. Je lui offris ma suppléance, de préférence à l'un de mes amis, non certes comme une réparation, mais comme une compensation des difficultés qu'il avait traversées. D'ailleurs, je ne lui dissimulai pas les inconvénients de la situation; j'ajoutai que s'il croyait ne devoir pas accepter, une autre personne avait été également agréée par l'assemblée et pourrait accepter à sa place.

« Avant l'ouverture de son cours, je demandai à mes amis d'établir dans la presse la vérité de sa position.

« Je publiai, entre la première et la seconde leçon, une nouvelle lettre pour exposer les motifs que j'avais de le présenter et pour réclamer contre la résistance qui l'accueillait.

« Quant à mon concours personnel, je l'ai prêté à M. Damas Hinard partout où il m'a été donné d'agir; ceux qui se sont montrés ses plus ardents adversaires le savent mieux que personne. Je n'eusse pas fait davantage même pour un ancien ami.

« Écrire encore une lettre au public, répéter périodiquement ce que j'avais déjà dit dans la dernière, était en soi une chose illusoire à laquelle je ne pouvais songer. D'ailleurs, qui m'a parlé de cela? Personne.

« L'intérêt sincère, persévérant, public que j'ai montré à M. Damas Hinard, et qu'il reconnaissait lui-même, il y a peu de jours encore, sera ma sauvegarde contre toute insinuation. S'il devait en être autrement, je ne pourrais ni m'en affliger ni m'en étonner, après tant de conséquences fâcheuses que la mesure prise à l'origine par le ministre a déjà entraînées après elle. »

Il me serait facile de réfuter phrase à phrase cette espèce d'apologie. Je ne le ferai point. On comprend pourquoi.

Il y a pourtant un mot que je ne laisserai point passer sans le relever : c'est le mot *insinuation*. Je n'ai rien *insinué*. J'ai dit, au contraire, très-franchement, très-clairement, que M. Quinet n'avait point fait, pour s'opposer aux désordres qui troublaient mon cours, ce qu'il pouvait et devait faire.

M. Quinet rappelle que peu de jours après ma première apparition dans sa chaire, alors qu'on m'avait opiniâtrément fermé la bouche avec son nom, etc., etc., il a publié une lettre *pour réclamer contre la résistance qui accueillait* son suppléant. Hélas ! oui, M. Quinet a publié une lettre ! Mais cette lettre est-elle ce qu'elle aurait dû être ? je vais la transcrire ; on jugera.

Voici cette lettre, qui parut dans le *National* du 22 avril.

Je souligne les passages les plus remarquables.

« Monsieur,

« Obligé de répéter ce que j'ai dit plusieurs fois au public, à mes collègues, à mes jeunes amis des écoles, je rappellerai encore une fois que JE N'AI JAMAIS OMIS DE

PROTESTER DANS CHAQUE ASSEMBLÉE DU COLLÉGE DE FRANCE CONTRE LA MESURE MINISTÉRIELLE DONT J'AI ÉTÉ FRAPPÉ.

« *Je n'ai pas voulu prolonger une situation qui, sous le rapport matériel, semblait être à mon avantage.*

« Plusieurs de mes collègues ont paru craindre que mon refus de présenter un suppléant ne fournît l'occasion d'en faire nommer un d'office. Après avoir défendu les libertés de l'enseignement en général, j'ai cru ne pas devoir servir de prétexte à un précédent qui ôterait ses droits les plus précieux au Collége de France.

« Mes amis les plus graves et les plus illustres ayant partagé tous mes sentiments à cet égard, j'ai présenté pour mon suppléant M. Damas Hinard, que me recommandaient également son caractère et son mérite. AI-JE BESOIN DE DIRE *que personne ne déplore plus que moi les violences dont un homme aussi honorable a été la victime?* »

Voilà cette lettre, cette *réclamation*, le seul acte public émané de M. Quinet pendant que son représentant combattait de son mieux sur la brèche pour l'honneur commun, attendant, avant de rendre la place, trois sommations plus ou moins respectueuses! J'en appelle à tous les hommes de sens, une semblable *réclamation* pouvait-elle avoir, je ne dis pas pour but, mais pour effet de couvrir le suppléant de M. Quinet?

Revenons à la lettre du 10 mai.

Après avoir rappelé l'étrange secours qu'il m'a apporté dans ma lutte, M. Quinet essaie de justifier son silence : « *Écrire encore une lettre,* dit-il, *était en soi une chose illusoire. D'ailleurs, qui m'a parlé de cela? Personne.* » — Eh! monsieur, était-ce à moi de vous en parler? Était-ce à mes amis, surtout quand leur première et pressante invitation avait obtenu un tel succès? non; vous n'aviez, monsieur, qu'à prendre conseil de votre cœur. Il vous aurait, je suis sûr, inspiré quelque résolution généreuse. Je regrette — pour vous — que vous ne l'ayez pas interrogé.

J'aurais eu bien d'autres choses à dire sur la dernière lettre de M. Quinet; mais il m'a paru qu'il serait peu convenable d'occuper indéfiniment le public de cette affaire de la suppléance, d'autres questions non moins sérieuses réclamant à leur tour son attention. En conséquence, j'ai, le 10 mai, adressé à M. le rédacteur en chef du *National* les lignes suivantes, qui, je pense, mettront fin au débat :

« Monsieur,

« Accordez-moi, je vous prie, la facilité de dire encore un mot au public sur l'affaire de la suppléance de M. Quinet au Collége de France. Ce sera le dernier.

« Dans ma lettre insérée au *National* du 7 mai, j'avais, non pas *insinué,* mais rappelé, établi les faits, connus de tous, qui prouvent le manque absolu de concours moral que j'ai trouvé chez M. Quinet dans ces dernières circonstances.

« M. Quinet, dans sa lettre que vous publiez aujourd'hui, ne contredit aucun de ces faits.

« L'opinion prononcera. »

Telle est l'histoire abrégée de la suppléance de M. Quinet.

Je ne saurais terminer ces pages sans exprimer à mes amis, à mes jeunes et nouveaux amis, ainsi qu'à mes amis d'un autre âge, combien j'ai été touché de l'attachement si parfait qu'ils m'ont témoigné dans ces circonstances difficiles. Tant de marques de sympathie et d'estime me dédommagent amplement de quelques ennuis. Ce souvenir est le seul désormais que je veux conserver de cette affaire. Le reste, je l'oublie.

D. H.

11 mai 1847.

DE L'HISTOIRE ET DE L'ESPRIT

DU THÉATRE ESPAGNOL.

Messieurs,

L'éloquent professeur qui a occupé cette chaire avec tant d'éclat m'ayant appelé à l'honneur de l'y suppléer, le premier besoin de mon cœur, au moment où je m'assieds à cette place, qu'il me redemandera bientôt, j'espère, c'est de lui adresser l'expression publique de ma profonde reconnaissance. Les hésitations, les scrupules, les regrets qu'il a éprouvés peut-être avant de se décider à l'abandon passager d'une chaire où il a obtenu tant de triomphes, n'ont servi qu'à me rendre plus précieux ce témoignage de sa confiance et de son estime. Je sens vivement tout ce que je lui dois. Mais je sens aussi, messieurs, tout ce qui me manque pour parler ici après l'éminent professeur que je supplée; et, vous l'avouerai-je? ce n'est pas sans une sorte d'effroi que je songe aux souvenirs qu'il a laissés dans cette enceinte. Vous aimiez, vous admiriez en lui un esprit élevé qui, sans effort et par le seul instinct de la plus heureuse nature, portait si aisément les questions littéraires dans les hauteurs de la philosophie, une imagination brillante et poétique qui vous charmait, une parole véhémente qui vous passionnait. De ces dons, de ces talents, je n'en possède aucun, et je n'apporte ici que le faible résultat de quelques études, avec le désir de le communiquer à la jeunesse sérieuse.... Si vous m'acceptez tel que je suis, si vous consentez à me suivre dans le cercle étroit et modeste où je voudrais attirer votre curiosité intelligente, nous allons commencer le cours qui sera l'objet de nos réunions cette année, l'*Histoire du théâtre espagnol.*

La renommée du théâtre espagnol a traversé des vicissitudes bien diverses, les mêmes à peu près que la renommée de la nation espagnole. D'abord, au XVIIe siècle, alors que l'Espagne tenait encore un rang considérable parmi les puissances européennes, son théâtre a joui dans toute l'Europe du plus grand crédit. Dans le siècle suivant, quand la décadence de l'Espagne est bien constatée, son théâtre décheoit et tombe en même temps dans l'estime des peuples. Enfin, au commencement de ce siècle, la résistance héroïque des Espagnols (ce langage ne saurait blesser votre patriotisme), la résistance héroïque des Espagnols au conquérant de l'Italie et de l'Égypte, fixe de nouveau les regards de l'Europe sur l'Espagne oubliée. Alors on revient à son théâtre oublié comme elle. En Allemagne, en Angleterre, en Italie, en France, les critiques les plus distingués l'étudient, l'admirent, le vantent; des écrivains plus ou moins habiles se consacrent à l'interprétation de ses chefs-d'œuvre, et maintenant, si je ne m'abuse, ce théâtre a décidément pris place dans le domaine de l'art. On peut donc en traiter avec confiance devant un auditoire ami des lettres.

Mais, pour nous Français, le théâtre espagnol a un intérêt plus particulier. En effet, le grand Corneille lui-même l'a reconnu, proclamé, c'est ce théâtre qui lui a révélé son génie, qu'il ignorait jusque-là, en lui inspirant sa première tragédie et sa première comédie régulières, — *le Cid* et *le Menteur,* ces deux colonnes immortelles qui se tiennent si glorieusement debout à l'entrée de notre édifice dramatique. Ainsi donc, en France, étudier les productions de l'art espagnol, c'est étudier, pour ainsi dire, les origines de notre propre théâtre.

Avant d'aborder l'histoire du théâtre espagnol, j'ai à vous soumettre quelques réflexions sur le sujet qui doit nous occuper. Quelles sont les circonstances au milieu desquelles s'est développé ce théâtre? quel est son esprit et quels sont ses rapports avec l'histoire et les mœurs nationales? En dernier lieu, comment a-t-il fini? Voilà les questions que je vais examiner rapidement. Ce sera en quelque sorte comme la préface de ce cours, ou si vous voulez, comme une première vue du vaste et curieux monument où je vous invite à pénétrer avec moi.

Vous savez le rôle si brillant de l'Espagne au moyen âge: ce peuple vaincu, conquis, dépossédé de la terre sur laquelle il vivait, se soulevant contre son vainqueur, combattant durant huit siècles pour recouvrer son indépendance, et ne déposant les armes que lorsqu'il est rentré en pleine possession de la patrie : spectacle magnifique, et qu'on ne voit qu'une seule fois dans l'histoire!... Quelle fut cependant la littérature, ou, pour préciser, la poésie espagnole? A part les essais poétiques auxquels les religieux s'exerçaient dans les cloîtres, et qui ne parvenaient point à la connaissance de la foule, toute la poésie espagnole à cette époque consiste dans les romances, qui célébraient les mille épisodes de la lutte des chrétiens contre les Mores, et que des rhapsodes nommés *jongleurs* allaient chantant dans les châteaux, les villes, les campagnes. A quiconque veut parler du théâtre espagnol, il est impossible de ne pas faire au moins mention des romances; car, de même que la grande épopée d'Homère fut la source féconde où puisèrent les poëtes grecs, de même cette naïve et rustique épopée, répétée d'âge en âge et survivant à l'époque qu'elle célébrait, offrira aux poëtes de la Péninsule le trésor des antiques traditions nationales et leur prêtera pour leurs compositions son rhythme populaire.

Après huit siècles d'une lutte incessante, les Espagnols étaient enfin vainqueurs, et la croix s'élevait sur l'Alhambra de Grenade. Rien de si redoutable, a-t-on dit avec raison, qu'un peuple sortant de la guerre civile. Cela fut vrai aussi des Espagnols, dont les instincts belliqueux s'étaient démesurément développés dans cette guerre de huit siècles. Quand l'énergie nationale ne trouva plus à s'exercer contre un ennemi intérieur, elle demanda à s'épancher au-dehors, et elle le fit avec une puissance étonnante. Je n'ai pas besoin de rappeler ici les prodiges de l'audace espagnole : le Nouveau Monde, à peine découvert, conquis aussitôt par une poignée d'aventuriers qui s'en partagent les vastes empires; les anciens dominateurs de l'Espagne poursuivis en Afrique, et cette contrée soumise depuis Oran jusqu'à Tripoli; enfin, les vieilles bandes espagnoles parcourant, enseignes déployées, l'Europe entière. Ces souvenirs sont dans toutes les mémoires. Je n'ignore point les reproches qu'on est en droit d'adresser à ces farouches conquérants; mais enfin ce qui dominait en eux, c'était un indomptable courage. « Nous sommes venus, disait Fernand Cortez à l'envoyé de Montézume, nous sommes venus chercher ici, non-seulement de grandes richesses, mais de grands périls! » En parlant ainsi, le conquérant du Mexique exprimait éloquemment les dispositions qui animaient ses compatriotes : tous, avant tout, cherchaient de grands périls; tous, avant tout, voulaient la gloire qui accompagne les grands périls heureusement surmontés. Elle vint, cette gloire, et elle remplit les âmes d'un enthousiasme extraordinaire, d'un sentiment profond de la valeur castillane, qui, les temps du théâtre arrivés, imprimera un caractère particulier aux productions du génie espagnol. Mais pour que ce théâtre s'établisse, une condition est nécessaire. Pendant leur lutte contre les Arabes, et ensuite pendant leur lutte contre le monde entier, les Espagnols ont bien négligé ce que l'on pourrait appeler leur éducation littéraire : il faut que cette éducation se fasse.

L'Italie fut l'institutrice de l'Espagne; et ç'a été pour les Espagnols une fortune singulière de se trouver en contact avec une nation si spirituelle et si ingénieuse. Charles-Quint pressentit l'avantage que ses peuples pouvaient en attendre. Vous connaissez le trait de ce superbe empereur, dans l'atelier du Titien, lorsqu'il se baissa pour relever de terre le pinceau échappé des mains du célèbre peintre, et ces paroles si gracieuses par lui adressées à l'artiste confondu de tant de courtoisie : « Vous méritez d'être servi par un empereur! » N'était-ce pas indiquer clairement que la puissance espagnole devait s'incliner, s'humilier devant l'art italien?

Les guerriers poëtes qui avaient accompagné Charles-Quint en Italie imitèrent son exemple. Tous rendirent hommage aux maîtres divins que leur offrait l'Italie. Peut-être même ces guerriers indomptés devinrent-ils, en poésie, des disciples trop dociles. Lorsque Dante, au début de son poëme, prend Virgile pour guide, lui-même il le conduit dans un monde nouveau que Virgile n'avait point connu. Les poëtes espagnols, au contraire, comme s'ils eussent craint de tenter des voies nouvelles, s'empressèrent de suivre leurs maîtres dans le monde demi-païen, le vieux monde restauré de la Renaissance. Pourquoi ne dirais-je point toute ma pensée? J'admire sincèrement les poëtes espagnols de l'école italienne; mais quand je vois ces poëtes appliquer tout leur talent, toute leur industrie, à reproduire avec un soin servile les sentiments, les idées, les images d'une civilisation disparue; quand je vois, par exemple, Fernando de Herrera, d'ailleurs un écrivain si habile, célébrer la victoire de Lépante, — la victoire de la Croix sur le Croissant! — en employant des figures empruntées à la mythologie grecque, j'éprouve je ne sais quel secret dépit de ce manque d'accord entre la poésie du sujet et l'œuvre du poëte. Mais après tout, ces études, ces exercices ne furent point perdus pour l'Espagne: son génie se régla, se modéra, autant qu'il peut se modérer et se régler sans s'abdiquer soi-même; sa langue gagna de la souplesse et de l'élégance; sa versification s'enrichit de mètres et de rhythmes nouveaux; et les octaves, les tercets, les sonnets, importés dans la Péninsule, serviront plus tard, comme des ornements d'un goût délicat, à parer la comédie espagnole.

Maintenant tout est prêt. Vienne à présent un moment de repos, un armistice après tant de combats, et quand les plus dignes enfants de l'Espagne ne seront plus retenus au loin par les nécessités de la patrie, ce théâtre espagnol, si longtemps attendu, tout-à-coup s'élèvera.

Enfin le moment est venu. Philippe second, après la pacification des Pays-Bas, a compris qu'il est temps de laisser l'Espagne respirer, et, sauf la conquête du Portugal qui se présentera si facile, sauf l'expédition de l'*Armada* qui sera pour lui un devoir d'honneur, il se contentera désormais de contenir les peuples soumis à sa puissance. Alors commence le théâtre espagnol. Cervantes qui devait bientôt donner à l'Espagne un badinage incomparable, lui donna aussi ses premiers drames sérieux. Une généreuse émulation de gloire s'établit entre les villes et les poëtes. Valence rivalise avec Madrid. Le poëte de Séville répond au poëte de Tolède. En un mot, ce fut de toutes parts, pendant un siècle prodigieux, un concert non interrompu de comédies improvisées, et, grâces à la fécondité de ces imaginations inépuisables, l'Espagne, à l'heure qu'il est, possède encore le répertoire le plus riche de l'Europe. Permettez-moi d'observer en passant, que les poëtes dramatiques de la Grèce avaient montré une fécondité égale ; et ce que l'on admire chez eux comme un mérite de plus, pourrait-il raisonnablement motiver un préjugé contre les poëtes espagnols?

En parlant de ces poëtes, il est une remarque déjà faite bien souvent, mais que je ne saurais m'empêcher de reproduire. Dans les autres pays de l'Europe moderne, les poëtes ont été des littérateurs de profession, adonnés par état en quelque sorte à la culture de la poésie. En Espagne c'étaient des militaires, des soldats (*soldados*), qui ne considéraient la poésie que comme une noble distraction et le délassement de la vie guerrière. Les chefs de l'école italo-espagnole, les Boscan, les Garcilaso, les Mendoce, avaient suivi Charles-Quint en Afrique, en Flandre, en Italie. Ercilla, l'auteur de l'*Araucana*, avait servi vaillamment dans cette partie du Nouveau Monde dont il a célébré la conquête. Il en est de même des poëtes dramatiques. Cervantes — ainsi que ses amis Cristobal de Virués et Rey de Artieda, qui lui aidèrent, suivant son expression, à élever le grand échafaudage du théâtre, — Cervantes était un soldat de Lépante : il avait eu la main gauche brisée dans cette bataille mémorable, et il a souvent parlé de sa blessure, même dans le *Don Quichotte*, comme de son plus beau titre de gloire. Lope de Vega, qui enleva bientôt à Cervantes le sceptre de la comédie, avait fait les expéditions d'Afrique et de Portugal, et il se vante quelque part — un peu de jactance se pardonne aisément au vrai courage — qu'il marchait toujours le premier à l'assaut et se retirait le dernier du combat. Calderon, qui succéda à Lope par le droit du génie, suivit également la carrière des armes, et si le destin ne lui accorda pas, comme à ses devanciers, d'assister à des actions fameuses, à des conquêtes éclatantes, deux fois dans sa vie il laissa les travaux du théâtre pour voler aux combats. Enfin d'autres poëtes dramatiques, qu'après ceux-là on peut encore citer avec honneur, Guillen de Castro, le premier auteur du *Cid*, Francisco de Rojas, dont un ouvrage a inspiré le *Wenceslas* de Rotrou, avant de tenir la plume, avaient aussi porté le mousquet et manié l'épée.—Cette observation n'est pas inutile. Si le théâtre, ainsi que l'affirment les critiques, et je partage leur sentiment à cet égard, a été dans tous les pays, dans tous les temps, l'expression la plus vraie, la plus fidèle, la plus complète de l'esprit et des mœurs d'un peuple, ne suit-il pas de là que les poëtes dramatiques espagnols, qui tous avaient vécu de la vie d'action plus que de la vie spéculative, plus dans les camps que dans les livres, ont dû donner à leur pays un théâtre essentiellement et profondément national ? Et ceci me conduit à rechercher en quoi consiste l'esprit de la comédie espagnole.

Lorsque, recueillant mes impressions, je considère en moi-même que c'est la vaillance, l'amour et l'honneur qui animent la comédie espagnole; lorsque je me rappelle tous ces ouvrages qui paraissent destinés à entretenir dans les âmes les sentiments héroïques, le respect exalté des femmes, le culte de toutes les gloires, et que je vois tant de passion, d'ardeur et d'enthousiasme, je ne trouve qu'un mot pour caractériser cette comédie, et je l'appelle *chevaleresque*. Chose étrange ! c'est que cette comédie chevaleresque ait pu fleurir à la même époque et dans le même pays qui a produit cet immortel badinage qui semble une ironie continuelle de la chevalerie. Voilà bien l'imprévu qu'on rencontre toujours et partout en Espagne !

A Lope de Vega appartient la gloire d'avoir découvert l'esprit qui convenait à la comédie espagnole. Originaire des montagnes des Asturies qui avaient donné à l'Espagne chrétienne ses premiers défenseurs, admirateur déclaré des romances nationales originaires comme lui des montagnes asturiennes, il était appelé à faire revivre dans l'Espagne moderne les héros et la poésie des temps passés. Il venait de débuter au théâtre lorsque le *Don Quichotte* parut. Cette satire ne l'arrêta point. Sa conviction, dont on entrevoit les motifs épars çà et là dans quelques-uns de ses ouvrages, sa conviction était trop forte pour que rien pût l'arrêter. « Oui, se dit-il, il y a une chevalerie romanesque toute pleine de fictions et de mensonges, et nul esprit sensé n'admet aujourd'hui ces magiciens, ces fées, ces nains, ces palais enchantés, en un mot, tout cet amas de rêveries fantastiques qui va bientôt se dissiper devant la puissante ironie de Cervantes.... Mais, à côté et au-dessus de cette chevalerie romanesque, n'a-t-il pas existé une chevalerie histori ue, qui a été pour ainsi dire la vie et l'âme du moyen âge, et à laquelle nul homme raisonnable ne saurait refuser sa créance? Et si cette chevalerie a régné quelque part en Europe, n'est-ce point dans notre Espagne? Les services qu'elle nous a rendus ne sont-ils pas écrits sur chaque fragment de notre sol et à chaque page de nos annales? N'est-ce pas à elle, après Dieu, que nous sommes redevables de notre nationalité recouvrée, de notre patrie reconquise? et ne serions-nous point des ingrats d'oublier les Pélage, les Lara, les Manrique, les Guzman, les Mendoce, dont les exploits véritables égalent les exploits imaginaires des Esplandian et des Amadis?... Et quant à ces traditions charmantes de vaillance et d'amour, s'il est un pays au monde qui puisse être fier à bon droit des traditions de ce genre qu'il possède, n'est-ce point encore notre Espagne, l'Espagne du *Cid* et de *Chimène?* Pourquoi donc craindrions-nous de montrer sur notre scène ce que nous aimons dans notre histoire? Et si Cervantes a bien fait de tuer par le ridicule les romans chevaleresques, qui menaçaient à la fois les mœurs et le goût, ne serait-il pas digne également d'un poëte espagnol de recommander à la reconnaissance de la postérité la chevalerie historique, notre honneur et notre gloire?» — Telles furent les réflexions qui amenèrent Lope à fonder sa comédie chevaleresque. Je me hâte d'ajouter que Cervantes, son ancien et son émule, après l'avoir longtemps combattu, mais noblement, loyalement, en vrai chevalier, Cervantes lui-même, à la fin, rendit hommage à la comédie de Lope; et dans un écrit publié l'année qui précéda sa mort, et que je regarde comme son testament littéraire, il appelle notre poëte *le roi du théâtre espagnol, le prodige de la nature, le grand Lope de Vega!* Que pourrais-je ajouter à un tel éloge?

Mais quel est le rapport de cette comédie chevaleresque avec l'Espagne du XVIIe siècle? Voilà la question, négligée jusqu'ici par les critiques. Décomposant les principaux éléments qui constituent la comédie espagnole, je vais essayer de montrer comment cette comédie, qu'on serait tenté de croire, au premier abord, un pur produit de l'imagination et de la fantaisie des poëtes, est sortie vivante des réalités de l'histoire et des mœurs nationales.

Tous les héros des comédies espagnoles sont de jeunes militaires. On s'en étonne. N'était-ce point naturel dans un pays qui depuis un siècle n'était occupé que de la guerre? Chez nous aussi, après le grand et sublime effort de la Révolution, à la chute de l'Empire, n'avons-nous pas vu nos auteurs dramatiques, choisir de préférence pour les héros de leurs pièces, de brillants colonels et des soldats laboureurs? Mais il y a pour les poëtes de l'Espagne une justification plus décisive. L'Espagne, dans la lutte gigantesque qu'elle avait eue à soutenir contre l'Europe, avait été obligée d'appeler sous les drapeaux tous ses enfants; et tous s'étaient précipités à l'envi dans la carrière qui convient le mieux à leurs instincts, et qui semblait promettre à chacun la fortune et la gloire. Dès lors plus d'agriculture, plus d'industrie, plus de commerce en Espagne. C'est ce qu'attestent toutes les relations des voyageurs qui visitèrent ce pays au XVIIe siècle. Les travaux des champs y étaient abandonnés à des journaliers courageux qui venaient à certaines époques, semer, moissonner, des provinces méridionales de la France. De même à peu près pour l'industrie : les métiers à soieries de Séville, jadis si célèbres, se taisaient; les fabriques de laine de Ségovie, non moins fameuses, étaient fermées : on envoyait au-dehors les laines et la soie de l'Espagne, qui y rentraient ensuite travaillées par les mains de l'étranger. Quant au commerce, il était tombé au même point : le corps des négociants de Madrid, par exemple, se composait de cinquante mille étrangers, Français ou Allemands, qui, dit-on, auraient pu, s'ils l'eussent voulu, s'emparer de la capitale des Espagnes par un coup de main (Heureusement que les négociants n'ont jamais de ces fantaisies!). Ainsi, à l'exception des gens d'église et des religieux, — qu'il est sage de tenir éloignés de la scène, — en fait d'Espagnols on ne voyait à Madrid que des militaires, des soldats qui, à l'issue d'une campagne, accouraient solliciter le bâton de capitaine ou le drapeau d'Alferez. Comment donc les dramatistes de l'Espagne auraient-ils adopté pour leurs comédies d'autres personnages que des soldats?

Les jeunes héros des comédies espagnoles, qu'un congé a ramenés momentanément à Madrid, y rapportent une galanterie qui n'est pas toujours restée oisive en Italie et en Flandre, mais qui revient plus active, plus brûlante. S'il faut en croire les relations des voyageurs dont j'ai parlé plus haut, Madrid, au XVIIe siècle, n'était pas seulement la capitale de l'Espagne, c'était le séjour de la galanterie par excellence. Comme aux beaux jours du moyen âge, on y célébrait des tournois, des carrousels, où les jeunes cavaliers se disputaient vaillamment un regard de la beauté. Ils figuraient aussi dans les combats de taureaux qui, alors, n'étaient pas abandonnés à des mercenaires : le fils du duc d'Albe, jeune homme du premier mérite, et sur qui reposaient tant d'espérances de la plus haute fortune, périt dans une de ces fêtes, sous les yeux et paré des couleurs de sa dame. Et quand un jeune militaire, par son courage et son adresse, s'était fait distinguer de quelque dame du palais, il avait le droit, à certains jours, pourvu qu'il fût gentilhomme (et tous les Espagnols étaient gentilshommes), de venir dans les salons royaux, conter à sa dame, en présence de la reine, ses peines amoureuses. Ce dernier trait ne vous rappelle-t-il point les anciennes cours d'amour?.... Ceci était la galanterie publique, avouée, autorisée; mais il y avait en outre une galanterie secrète, plus piquante. Le jour, les jeunes militaires couraient les conseils pour y solliciter quelque avancement: c'était la vie d'affaires. La nuit venue, la vie de galanterie commençait. De tous côtés, de toutes les hôtelleries de la ville s'élançaient nos jeunes militaires, portant la rondache et l'épée, suivis de leur valet, — quand ils en avaient un, — et ils volaient à droite et à gauche, aux rendez-vous d'amour sous les fenêtres de leurs belles,.... où quelquefois ils trouvaient la place prise par un autre soupirant plus alerte. De là cette animation, ce mouvement, ces rivalités, ces défis, ces combats, qui remplissaient la vie de Madrid à cette époque, et qui remplissent aujourd'hui les comédies espagnoles.

Avec ce sentiment de galanterie les dramatistes espagnols prêtent à leurs jeunes héros un autre sentiment tout à fait particulier à l'Espagne, et qu'ils appellent *lealtad* (loyauté, fidélité), ce qui signifie un dévouement aveugle, fanatique, un dévouement quand même à la personne du roi. Ce sentiment, qui nous paraîtrait fabuleux aujourd'hui, existait dans la réalité; mais, pour le faire comprendre et admettre au point de vue poétique, je me sens obligé de remonter jusqu'à son origine. Malgré tout ce que les publicistes ont écrit des cortès castillanes et des institutions aragonaises, en Espagne, au moyen âge, il n'y a pas eu comme en France, comme en Angleterre, et je le regrette sincèrement pour ce pays, une lutte suivie, systématique, de la nation contre la royauté, lutte qui s'est terminée par une transaction et qui a abouti au gouvernement constitutionnel chez les deux peuples les plus civilisés de l'Europe. L'unique ou du moins la principale préoccupation des Espagnols durant huit siècles, fut la délivrance de leur patrie. Il s'éleva bien de temps en temps entre la nation et la royauté quelques difficultés relatives à l'étendue ou à l'usage de l'autorité royale, mais elles ne duraient pas; et la nation, habituée à voir dans ses rois des chefs de guerre, des chevaliers couronnés qui combattaient avec elle pour la cause commune, ne poussa jamais les choses aux dernières extrémités. Dans les circonstances les plus vives, on faisait une distinction entre les abus de l'autorité royale contre lesquels on s'insurgeait et la personne du roi, qu'on ne cessait pas d'aimer et d'honorer. Mais, mieux que toutes les explications, un ou deux exemples historiques montreront les vrais sentiments de l'Espagne à cet égard. Je les emprunte à l'histoire du xve siècle. — Le roi don Juan II, par sa complaisance excessive envers son favori Alvar de Luna, avait mécontenté les grands vassaux qui se révoltèrent fréquemment sous son règne. Dans une de ces révoltes, le roi avec cinquante chevaliers affidés se trouva assiégé par un parti nombreux dans le château de Montalban. Les vivres ne tardèrent pas à manquer dans le château. La nouvelle en parvint aux assiégeants; que firent-ils? Ils se hâtèrent d'envoyer des vivres au roi, et depuis lors jusqu'à la reddition de la place, disent les chroniques contemporaines qui entrent dans ce détail naïf, on lui faisait passer chaque jour par un héraut d'armes une poule et un pain..... pas plus; car on ne voulait préserver de la faim que le roi seul, et pour un homme seul, fût-ce un roi, cela suffit. — Une autre fois, on s'était encore révolté contre le connétable Alvar de Luna, opiniâtrément soutenu par le roi; les insurgés avaient livré bataille aux troupes royales, et celles-ci, vaincues, fuyaient en désordre. Pendant la poursuite, les vainqueurs arrivent sur la place de Medina del Campo, au milieu de laquelle se tenait le roi. Aussitôt, à son aspect, les voilà tous qui descendent de cheval en rejetant au loin leurs lances, qui s'agenouillent devant le roi et lui baisent la main en signe d'hommage. Quel attachement, quel respect avaient donc ces hommes pour la personne royale, pour que ce sentiment les dominât jusque dans l'enivrement de la victoire!... Ce sentiment, Ferdinand V, par ses rares talents et les services qu'il rendit à l'Espagne; Charles-Quint, par ses conquêtes et sa gloire; Philippe II (le despote Philippe II), par l'habileté de sa politique et la gravité de son caractère, le firent croître encore, et il s'établit si bien dans les âmes, qu'il s'y perpétua jusque sous les imbéciles successeurs de ces princes. J'invoquerais au besoin encore, sur ce point, le témoignage d'une de ces relations que j'aime à citer : « Rien, dit le narrateur (c'était une dame de la cour de Louis XIV qui visitait l'Espagne sous le règne de Charles II), rien n'égale, dit-elle, le respect des plus grands seigneurs pour le roi. Sur le premier ordre, ils partent, ils reviennent, ils vont en prison ou en exil sans se plaindre (*sans se plaindre!*). Il ne se peut trouver une soumission plus parfaite ni un plus grand amour. » Vous le voyez donc, un dévouement irréfléchi, aveugle, à la personne royale, le fanatisme monarchique subsistait encore en Espagne au XVIIe siècle; et lorsque les dramatistes de ce pays représentent chez leurs jeunes héros ces luttes de la galanterie et de la loyauté, ces hésitations entre leur dame et le roi, quand le roi lui-même se pose en rival, ce qui amène les effets les plus saisissants de leur théâtre, alors encore les poëtes sont entièrement dans la vérité des mœurs espagnoles.

Puisque je parle de l'intervention des rois dans les fictions du théâtre espagnol, il ne sera pas hors de propos de dire ce qui se passa à cette occasion. Lope de Vega, dans son *Nouvel art dramatique*, recommande le mélange des personnes royales avec les simples particuliers, et avant le précepte, il avait donné l'exemple. Il pensait probablement que les rois faisant une partie si considérable de l'histoire nationale, on ne pouvait pas les oublier sur un théâtre qui en est l'image fidèle. Or, Philippe II, à ce que Lope nous apprend encore dans le même ouvrage, n'aimait pas qu'on mît des rois sur la scène, « soit, dit le poëte, qu'il vît là une violation des règles de l'art, soit qu'il pensât que, même dans les fictions, l'autorité royale ne doit pas être présentée de trop près aux regards du peuple. » Ceci est la vraie raison : l'éloignement augmente le respect; et Philippe II le savait bien, qui vivait caché au fond d'un monastère situé au pied des montagnes. Eh bien! croyez-vous que Lope ait hésité devant ces dispositions bien connues? Non; il n'avait pas été arrêté par le roman de Cervantes; il ne le fut pas davantage par la crainte de déplaire à Philippe II. Et il continua de mettre dans ses comédies tous les rois qui lui tombèrent sous la main, et, en particulier, tous les rois d'Espagne, depuis Wamba jusqu'à Charles-Quint. Il fit plus encore : allant chercher Philippe II lui-même dans son Escurial, il le transporta sur la scène; et cela, si je ne me trompe, du vivant même du terrible monarque. Le grand et hardi poëte montrait ainsi les bornes qu'il faut savoir poser à la condescendance due aux rois, et par son courage civil, autant que par son génie, il a fondé le théâtre espagnol!

Après avoir brillé pendant un siècle d'un incomparable éclat, ce théâtre finit avec Calderon, sa dernière gloire. Je me l'explique. A l'époque où mourut Calderon, l'Espagne si redoutable naguère, avait perdu sa puissance, et sa grandeur passée n'existait plus qu'en souvenir. Les débris de ses légions héroïques, qui avaient remué le monde, ont succombé dans les plaines de Rocroy et de Lens. Les vaisseaux, mal équipés, mal armés, qui lui apportaient les trésors des Indes, n'arrivent plus jusqu'à ses ports, insolemment capturés en vue de Cadix par les corsaires hollandais. Ses plus riches provinces, l'Artois, le Roussillon, le Portugal, la Flandre, lui ont été enlevées comme on enlève les branches d'un vieux chêne. Enfin, l'Espagne qui comptait sous Ferdinand et Isabelle vingt-cinq millions d'âmes, n'est plus qu'un vaste désert, et le moment approche où les puissances étrangères viendront se disputer ce pays abandonné. Alors tout se tait! Alors plus de poésie, plus de comédie chevaleresque! et quand la monarchie de Charles-Quint disparaîtra avec son dernier descendant, — vivante personnification de ce royaume épuisé, — il ne lui restera plus même un poëte pour célébrer ses funérailles!

Après que le petit-fils de Louis XIV fut monté sur le trône d'Espagne, les nouveaux dramatistes de ce pays, désertant le culte des dieux nationaux, s'empressèrent d'adopter le système des grands maîtres de notre théâtre, et ils ont composé, d'après les règles françaises, des tragédies et des comédies d'un incontestable mérite. Mais qu'est-il besoin d'aller étudier, de l'autre côté des Pyrénées, un genre d'ouvrages dont nous avons chez nous les plus parfaits modèles?

Nous nous en tiendrons donc à la comédie espagnole de ce beau siècle littéraire que nos voisins, avec un juste orgueil, ont nommé leur *siècle d'or*. M'arrêtant de préférence aux poëtes qui l'ont glorifiée, je m'appliquerai surtout à vous faire connaître, parmi leurs œuvres, les plus curieuses, les plus originales; et sans négliger le point de vue de l'art, pourrais-je l'oublier? — j'essaierai d'établir, ainsi que je crois l'avoir fait dans ce discours, le rapport de ces productions singulières avec l'histoire et les mœurs nationales. Puis, cette étude achevée, et afin qu'elle soit complète, je tâcherai de déterminer une fois pour toutes dans ses vraies limites, sans exagération, mais aussi sans réticences timides, l'influence de l'Espagne sur notre littérature dramatique, et je m'efforcerai de montrer suivant quelles lois de l'esprit français le grand Corneille a fondé notre théâtre en s'inspirant des poëtes espagnols, — à la même époque où Richelieu fondait la puissance de la France sur l'abaissement de la maison d'Autriche.

Encore un mot, messieurs; laissez-moi vous dire, avant de nous séparer, quel est, en commençant ce cours, le secret désir qui m'anime, le but le plus élevé que je me propose. — Dans une de ses pièces historiques où il a peint la rivalité de François Ier et de Charles-Quint, le grand Lope de Vega exprime le vœu d'une amitié fraternelle entre la France et l'Espagne. Accoutumé à interpréter la pensée de cet admirable poëte, si j'osais, j'exprimerais à mon tour le même vœu, qui d'ailleurs ne saurait être déplacé dans cette chaire. L'Espagne, il est vrai, n'est plus de nos jours ce qu'elle était alors. Alors, par sa politique et par ses armes, par son génie et par ses richesses, elle dominait en Europe. Aujourd'hui, quel changement! La voyez-vous avec quelles vicissitudes elle soutient depuis trente années une lutte pénible contre le génie du passé qui essaie obstinément de la retarder dans sa marche? lutte semblable à celle que soutint Jacob contre le mystérieux adversaire qui l'avait assailli tandis qu'il faisait route vers la terre de Canaan, au milieu des ombres de la nuit, à l'heure qui précède l'arrivée du jour. Par moments, elle s'avance contre lui pleine de résolution et d'audace; elle le saisit corps à corps; on croirait qu'elle va l'étouffer dans une étreinte énergique; puis, tout à coup, elle se dérobe, elle s'arrête; vous diriez qu'elle hésite, qu'elle demande grâce, doutant de son droit et méconnaissant sa force. Que de fois ses défaillances soudaines, succédant à des hardiesses inouïes, ont étonné les nations qui la regardent! Ne désespérez pas cependant : l'Espagne sortira victorieuse de ce long et rude combat; elle en sortira, non pas brisée, mutilée, comme le héros de la Bible, mais renouvelée et rajeunie. Autrement civilisation, raison, droit, justice, progrès, ne seraient que de vains mots, imaginés par des philosophes menteurs pour abuser et perdre les peuples crédules. Mais pour que l'Espagne triomphe dans la lutte difficile où elle s'est engagée, elle a besoin de la France : je ne parle point ici, vous le comprenez, d'influences politiques, diplomatiques; non, elles seraient inefficaces ou dangereuses; je parle d'un concours tout moral, émané de l'opinion. Il faut que la France qui a livré avant elle ce même combat contre le génie du passé, — le vrai combat du Seigneur! — il faut que la France assiste sympathiquement l'Espagne dans son duel douloureux, il faut qu'elle l'excite constamment d'une voix amie, en lui criant : Courage! courage!... Il ne m'est point donné, faible et obscur, d'être entendu de la France, et l'enceinte où vous êtes suffit d'ailleurs à mon ambition; mais je serais heureux si, en étudiant avec vous les dramatistes espagnols, je pouvais tourner vos esprits et vos cœurs vers le pays qui a produit ces nobles poëtes.

IMPRIMÉ CHEZ PAUL RENOUARD,
rue Garancière, n. 5.

Ouvrages de M. Damas Hinard.

CHEFS-D'ŒUVRE DE CALDERON,

Traduction nouvelle, avec une introduction et des notes. 3 vol. in-18.

LOPE DE VEGA,

Traduction nouvelle, avec une introduction et des notes. 2 vol. in-18.

ROMANCERO ESPAGNOL.

Recueil des Chants populaires de l'Espagne; Romances historiques, chevaleresques et moresques; traduction nouvelle et seule complète, avec une introduction et des notes. 2 volumes in-12.

DON QUICHOTTE,

Traduction nouvelle. 2 volumes in-12.

IMPRIMÉ CHEZ PAUL RENOUARD,
rue Garancière, n. 5.

www.ingramcontent.com/pod-product-compliance
Ingram Content Group UK Ltd.
Pitfield, Milton Keynes, MK11 3LW, UK
UKHW012121240726
13965UKWH00005B/1900